RÉGIME

DES

ALIÉNÉS EN FRANCE

Imp. nouvelle, rue des Jeuneurs, 11. — G. Masquin et Cᵉ.

RÉGIME

DES

ALIÉNÉS EN FRANCE

ASILE DE CHARENTON

Crimes préparatoires au dehors
Vols, Dilapidations, Actes arbitraires, Abus
administratifs organisés au dedans.

PAR

FAULTE DU PUYPARLIER

Prisonnier, sous le n° 730,

des inspecteurs généraux ROUSSELIN et LUNIER,

Évadé le 5 avril 1870.

PARIS

ASSOCIATION OUVRIÈRE

IMPRIMERIE NOUVELLE

14, RUE DES JEUNEURS, 14

Octobre 1870

NOTE PRÉLIMINAIRE

Je ne saisis la plume ni par amour du bruit ni par soif du scandale ; l'un et l'autre me font horreur.

Le poids d'une vie déjà longue, remplie tantôt par le travail qui console et distrait, tantôt par la douleur qui empoisonne à un jour donné, m'avait conduit à rechercher, à chérir, avant tout, le repos, la solitude et le silence ; mais l'Injure persistante, l'Audace illimitée, l'Impunité triomphante sur toute la ligne, sont venues soulever le cœur le plus résigné, et ressusciter l'ardeur des combats à outrance, tant que le sang nous gonflera encore quelques instants les veines.

« Le sang donne du courage ; le courage donne du sang ! »

Les seuls motifs, parfaitement avouables, de la douloureuse publication que j'entreprends, s'expliquent donc dès le début, se justifieront, j'espère, de proche en proche, et sont, en résumé :

1° Une indignation sans limites possibles ;

2° L'instinct d'une douleur qui déborde, en face d'une coalition de lâchetés que j'ai droit et devoir de repousser ;

3° L'Impunité persistante, presque judiciairement protégée, de fonctionnaires de l'État, se faisant la courte échelle, tous attachés à cet établissement public, geôle impure, trop ignorée, nommée, par ironie sans doute, « Asile impérial de Charenton. »

4° Ma légitime confiance en la probité du gouvernement actuel, qui sera, Dieu le permettra bien sans doute, le triple sauveur de la Patrie, de la Justice et de la Liberté ;

5° Et, surtout, la nomination, signe réel des temps, par décret du 2 octobre 1870, d'une commission *spéciale* ayant pour glorieux mandat de broyer sous des flots de lumière et de rouler aux abîmes, parmi tant d'autres impuretés légales, néfastes épaves des régimes déchus, toutes celles — *hontes magistrales pour la dignité humaine!* — tenant à l'interprétation de la loi de juin 1838, sur le régime des aliénés.

Aliénés!... Comme si ce mot étrange, presque révélateur, était prédestiné à trahir, en temps utile, le fond des pensées coupables, ou des erreurs involontaires des auteurs ou des interprètes de la loi !

L'on peut, en effet :

D'une part, sans exagération grammaticale, appliquer le nom d'aliénés, vrai synonyme d'étrangers, à tous proscrits de la Patrie, ou à tous autres affligés, préservés de l'exil, mais prisonniers d'État condamnés à huis clos, ou victimes de séquestrations arbitraires, tous rivés, en somme, à des verrous ;

Et, d'autre part, vérifier, après toute enquête si facile, que le régime des aliénés en France, n'est au fond que l'application du Code pénal, dans toutes ses ferveurs insolentes d'exportation ou de réclusion, à une classe *de près de quarante mille citoyens*, tout entière composée d'innocents ; les uns réellement mais seulement malades, les autres réellement bien portants, mais tombés sous les attaques de persécuteurs impunis autant qu'audacieux, grâce à cette loi honteuse sur les aliénés et aux interprétations funestes qu'elle comportait et qu'elle a reçues tant de fois !

Cette modeste publication, rappelant un peu les charges inopinées, à fond de train, sur des agresseurs infatigables, provisoirement incomplète, à reprendre plus tard, pour cause de respect et d'amour du droit des gens, fournira, du moins je l'espère, quelques jalons utiles aux gens de cœur et de talent, membres de la commission judiciaire.

Et ce premier retour offensif, face à tous les ennemis d'un honnête homme opprimé sans mesure, me permettra de *flétrir publiquement* tous les *outrages publiquement commis,* toutes les violations effectives des lois et du droit naturel à mon égard ; tous les abus, à huis clos, qu'ils ont faits de la force d'inertie, *cette suprême injure à la conscience humaine ;* tous les agissements criminels d'une tourbe de conjurés, ne servant, contre sala ire, qu'une **même** cause et qu'un même drapeau.

Ce drapeau, sans le qualifier comme il le mériterait, mais puisqu'il faut le nommer malgré ma suprême douleur, n'est autre que celui de la *Rébellion conjugale.*

En l'absence funeste de la loi du Divorce, ce seul contrepoids moral des contrats imprudents, objet des rêves ardents pour tous les cœurs honnêtes, en face de la puissance, éternelle jusqu'ici, de l'argent, cette rébellion put s'organiser impunément, en toute liberté, sans droit aucun en dehors du territoire commun ; bravant bientôt comme elle brave aujourd'hui, depuis dix-sept ans, *coram populo,* tous les arrêts de la justice ; puis, résolue, en tout état de cause, à poursuivre la lutte, mais à bout de toute autre ressource, la rébellion désormais sans pudeur osa bien enrôler d'avance à sa solde, pour le sort de futurs combats, avec une avant-garde de lâches domestiques privés, une horde de coquins étrangers, grossie de plusieurs indignes fonctionnaires publics dont je dirai les noms au courant de la plume.

C'est ainsi, à l'abri des conditions ci-dessus habilement combinées, que, portant dans chacun de ses plis les vœux d'une suprême lutte que transformeront sans doute, un jour ou l'autre, en suprême défaite et notre droit lui-même d'une part, et de l'autre, la justice désormais appliquée dans le pays avec plus d'attention et plus d'ind pendance, c'est ainsi que s'est maintenu et que flotte encore impuni, toujours audacieux, le pavillon d'une épouse rebelle, invétérée, en face et au mépris de toutes les lois divines et humaines !

Le sort en est donc jeté par les impurs coalisés eux-mêmes ; et courant sus, alors, à tous ces méprisables souteneurs de l'Injure conjugale, tantôt violateurs récidivistes de ma liberté individuelle, tantôt par leurs complices adjoints, profanateurs de mes propriétés mobilières et de mon domicile, ou traîtres démasqués de leurs secrets professionnels, je jette à mon tour à leur front de bandière, et avant de les terrasser par toute voie juridique, cette vérité magistrale, ce cri de guerre éternel de tous les opprimés, espoir des cœurs endoloris :

« Il n'y a point de droit contre le droit ! »

SOIXANTE JOURS DE PRISON

A CHARENTON

Docteurs aliénistes mangeant à deux râteliers, fonctionnaires à Paris, braconniers en province.

Marié, mais sans enfants à qui je puisse léguer le soin de me venger, dernier représentant d'une race aussi honnête que modeste, pénétré d'un devoir réel envers moi-même, envers de proches parents fort honorables, envers de fidèles amis, tous également indignés que nous sommes, je veux exercer mon droit de dépouiller, publiquement, de leurs masques et de clouer au pilori, en compagnie de leurs nombreux imitateurs, les insignes coquins de tout étage, également impunis jusqu'à ce jour, qui ont pesé sur mon existence, sans aucun droit, avant ma criminelle séquestration à Charenton, qui date du 24 janvier 1870, et même depuis le jour où j'ai pu secouer courageusement l'infortune et refouler l'injure.

Nous ne verrons que plus tard, au fur et à mesure, les conséquences de ce premier crime défini (séquestration arbitraire extra légale !), œuvre d'une impureté originelle sans exemple ; dont les auteurs, en acceptant le salaire de leurs infamies, ne soupçonnaient peut-être pas toutes les hontes, toutes les conséquences ; œuvre prolifique au premier chef, dont les premiers coupables, outre les leurs personnelles, doivent partager, si n'est supporter complétement, toutes les responsabilités.

Hâtons-nous de nommer de suite comme impurs fonctionnaires publics sur lesquels, par ordre de date, doit immédiatement porter tout mon mépris, les *deux inspecteurs généraux de Charenton : Les sieurs Rousselin et Lunier*, docteurs aliénistes. Lâches conspirateurs, émissaires honteux, commis-voyageurs pour crimes en province, braconniers anonymes aux gages d'une femme rebelle?

Fatigués, sans doute, de la vie d'espionnage clandestin et sous bois, qu'ils avaient acceptée contre moi au dehors, de Paris, à Beauvais, à mon insu, à laquelle ils ne se sont d'ailleurs courbés qu'à l'aide des plus honteux déguisements et des mensonges les plus effrontés dès 1869, Rousselin et Lunier furent jaloux, il faut le croire, de retrouver bien vite pour eux-mêmes sur place, à Paris, leur seule résidence officielle, le repos qu'ils y avaient laissé et qu'ils avaient suspendu pour venir troubler clandestinement le mien en province; pressés, plus tard, de couronner leur crime et d'épuiser les clauses d'un contrat judaïque, ces impurs et ces vendus me jetèrent, comme de cyniques bandits et pour décharger leurs épaules à Paris avec une joie extrême, je suppose, et une audace peu commune, je le jure, en des mains étrangères déjà tendues, toutes prêtes sans doute; ignobles associées des rabatteurs, et d'ailleurs prévenues de province, constamment ouvertes pour saisir au passage une proie quelconque, faisant litière de toutes les lois protectrices de la liberté individuelle, et donnant ainsi main forte à tous les corsaires médecins aliénistes, faisant la chasse à courre à l'homme, aliénisant, sonnant ensemble l'halali, et s'apprêtant, avec amour, aux âpres joies de la curée!

Nous venons d'indiquer au lecteur, s'il ne le connaît pas, le gouffre toujours béant, près de Paris même, de cette caverne immonde qu'on nomme *Asile de Charenton*.

C'est à ces gémonies que m'ont, en effet, poussé et fait traîner par des gredins et des laquais, leurs dignes confrères, les sieurs Rousselin et Lunier, en osant signer un certificat me décrétant de folie, lorsqu'en janvier 1870, je traversais tranquillement Paris, pour rentrer de Beauvais, à ma campagne, en Limousin.

Ce fut seulement le 5 avril 1870, au cours d'une instance judiciaire, pour restitution de ma liberté, par mon conseil de famille réuni à cette cause et unanime dans le combat, que mes défenseurs dès lors, et plus tard moi-même, après ma liberté reconquise, par droit pur et de plein fouet, et venant repousser à Paris une requête grotesque d'interdiction, plus encore qu'odieuse de ma femme rebelle depuis dix-sept ans, que nous apprîmes tous, les uns et les autres indirectement, les perfides visites qui m'avaient été rendues à Beauvais en 1869, sous le manteau honteux de l'espionnage salarié.

A ce premier retour de chasse, en juin 1869, on armait déjà ma femme, aux gages de laquelle on avait voyagé, d'un certificat *confidentiel* m'accusant de folie par voie de provision, mais dont l'existence n'a été dévoilée que dans un rapport soi-disant médical, que nous qualifierons plus tard, l'œuvre en 1870 d'un sieur *Blanche*, autre aliéniste, grand coupable aussi, désigné dans le temps par le tribunal de la Seine pour examiner notre état mental pendant notre captivité à Charenton.

Ce rapport, type parfait de réquisitoires convenus à l'avance, de nature à faire pâlir de jalousie certains juges d'instruction, dont le nom court sur toutes les lèvres, ne fut *déposé* qu'un *mois après* la visite subie par nous. Mais il nous a *livré*, ainsi, imprudemment, et par le fait d'un enregistrement incontestable, la *preuve* et *la date certaine* des ignobles embûches auxquelles se sont abaissés contre nous, moyennant quel salaire, qu'ils osent donc le dire ! les deux inspecteurs généraux grassement payés par l'État, mais, à coup sûr, pour tout autre emploi de leur temps que celui d'aller braconner en province pour des femmes rebelles qui les embauchent sans vergogne.

Ces misérables, toujours à deux comme des larrons associés, osèrent, récidivistes du viol de domicile, se glisser dans mon modeste pied-à-terre, rue Truffaut, à

Paris, et m'y trahir lâchement *une deuxième fois* vers la fin de janvier 1870 ; s'abaissant ensemble, ce jour-là, au cours d'un cruel et machiavélique entretien, à de méprisables mensonges dont je fus dupe ; ils se retirèrent bientôt après visite, mais se permirent encore, pour me tromper toujours, au seuil même de ma porte qu'ils venaient de polluer, un dernier mensonge.

Ils me firent, à *leurs lieu et place*, tendre, en effet, dès le lendemain ou surlendemain de leur reconnaissance du terrain qu'ils voulaient enlever, le plus ignoble piége par des coquins unis, leurs dignes successeurs, dont je vais dire les noms et raconter les faits et gestes, mais que je n'avais jamais vus ni connus avant le crime qu'ils ont osé commettre sur moi :

1° STERLIN *Alexandre, cocher, rue de Milan, n°* 11, de *Mme Waresquiel, ma belle-mère*, près de laquelle demeure sa fille, mon épouse rebelle. Ce gredin fieffé, audacieux comme un habitué des bagnes, lâche et habile dans le crime mais fanfaron seulement de l'embûche, ne dirige que du dehors, *dans l'ombre, sous bois*, comme un vulgaire Bismark, mais l'argent à la main, comme le Prussien, d'autres domestiques honteusement courbés à l'infamie ou tous gredins du dehors ; dûment embauchés par lui et payés à l'avance, avec promesses finales, prudemment suspendues, pour tout guet-apens qu'il s'agit, une fois consenti, de mener à bonne fin.

2° PRAMVEL, *peintre en bâtiment, rue Trézel*, 27, *à Paris-Batignolles*. Ex-soldat retiré du service, habile drôle, besoigneux sans doute, merveilleux hypocrite !

Il vint se substituer avec un naturel parfait, pour l'achat de mon mobilier que je voulais vendre et pour le loyer du pied-à-terre que je voulais quitter, aux deux aliénistes ci-dessus démasqués.

Rousselin et Lunier m'avaient, au départ, déclaré positivement devoir revenir le lendemain pour conclure le perfide marché ci-dessus qu'ils n'étaient venus me proposer pour leur compte, qu'afin d'avoir l'occasion de préparer leurs embûches et de me détacher, à l'heure où je les attendais eux-mêmes, avec toutes instructions précises, l'homme au guet-apens l'infâme *Pramvel*, leur digne émissaire.

C'est ainsi que je fus attiré par ce gredin à un déjeuner qu'il m'offrit avec humble prière ; que j'acceptai par politesse après ses vives instances, et dont voulait, me fut-il dit, faire les honneurs et les frais son beau-père futur, déjà âgé, qui se rendrait directement au restaurant et viendrait m'y porter le prix nouveau du mobilier qu'il prétendait offrir à son futur gendre comme cadeau de noces.

Tout cela fut raconté et écouté avec grand air de sincérité d'une part et sans nulle méfiance de l'autre ; mais tout ce dire n'était que le préambule ignoble et funeste d'un véritable crime qui fut commis le jour même sur ma personne de la façon que l'on verra bientôt.

3° Scott, *rue de Milan*, 11. Concierge depuis plusieurs années de ma belle-mère, perfide allemand, *ancien* soldat très coutumier sans doute de l'espionnage, ayant obtenu, comme *gendarme*, une pension de retraite ; jouant à merveille, avec un sourire bien déguisé, les rôles de beau-père ou tout autre, à l'occasion.

En fait, je ne rencontrai qu'au restaurant, place de la Bastille, à une enseigne bien connue, ce honteux compère ; et tel que me l'avait annoncé à l'avance son prétendu gendre qui m'avait, de chez moi, conduit au rendez-vous proposé dans un coupé prêté, disait-il, pour mentir encore un coup, par un patron entrepreneur en bâtiment, dont il était l'employé habituel.

Ainsi, voilà trois gredins dont le premier et le troisième restent plus ou moins dans l'ombre ; dont le troisième, le concierge, ne fait son entrée sur la scène qu'à propos et qui composent à eux deux la partie militante *sous bois*, la plus audacieuse, la plus active, la plus méprisable de la très nombreuse domesticité d'une belle-mère riche protégeant contre moi sa fille, rebelle depuis dix-sept ans !...

Ces deux laquais éhontés, pleins de cynisme et d'audace, mais d'astuce et de lâcheté finale, sont doublés d'un chenapan de circonstance, recruté dans je ne sais quel égout, peut-être dans les bas-fonds de la police secrète, *Pramvel*, soudoyé, paraît-il, avant crime accompli, mais sur simple à-compte d'abord et moins grassement payé au total qu'on ne lui avait promis au début du complot.

Ce misérable Pamvel aurait, en effet, devant témoins que je puis faire citer en justice et qui me l'ont raconté, exprimé beaucoup de regrets de ce qu'il avait fait contre moi, dont il venait le jour même d'apprendre la sortie effective de Charenton.

Le drôle racontait aussi des regrets plus sincères sans doute que les premiers, en prétendant qu'il n'avait pas été payé suivant toutes les promesses faites au jour et depuis le jour du guet-apens !

Ce n'est là qu'un détail à régler entre les honorables contractants du marché !

Quoi qu'il en soit de Pramvel, ce misérable Scott, ce fidèle et vieux concierge, indigne soldat capable de tout pour de l'argent, s'empressa lui-même, dès qu'il eut reçu avis de ma délivrance le 5 avril 1870, et sans oublier plusieurs billets de mille francs, ainsi que me l'a rapporté l'un de ses confidents, témoin facile à citer en justice, reçus comme salaire de sa coopération au crime commis, Scott s'empressa d'aller vivre de ses rentes dans ses foyers.

Mais nous avons su dénicher à Paris, nous avons devers nous et nous dirons à la justice, à son premier appel, la résidence incontestable de ce misérable fugitif, qui, pour cause, a su vider les lieux quand nous rentrions sur l'horizon en plein état de liberté.

Je commis donc l'imprudence si naturelle d'accepter un déjeuner offert avec tant de ruse par des conspirateurs émérites; au cours de ce repas, et sous le prétexte d'activer le service, *Pramvel* se leva deux ou trois fois, sans doute pour aller rendre compte au chef d'équipe Sterlin, veillant toujours au dehors, mais dans l'ombre et non moins pour faire glisser adroitement un narcotique quelconque dans un flacon de vin rouge succédant à deux de blanc (simples flacons et non pas litres), offerts au début, seuls sans doute qui ne furent pas falsifiés.

Toute mesure, même pour le poison, avait été sagement calculée et précomptée pour l'heure par quelque obscur Barême du guet-apens.

A peine le déjeuner terminé, le beau-père, étalant seulement quatre billets de 100 fr., s'excusa d'avoir oublié chez lui 50 fr. manquant pour parfaire les 450 fr., prix convenu du mobilier, et prière très polie me fut faite, *avec empressement*, par le beau-père d'aller en coupé jusqu'à chez lui pour clore le marché.

Et je consentis à cette dernière prière faite de l'air que peut prendre le plus honnête homme en pareil cas, et, ne pouvant à aucun titre jusque-là soupçonner que depuis l'heure fatale où mon concierge lui-même avait conduit dans mon logis Pramvel, qu'il prétendait connaître, j'étais déjà à la merci de chenapans délégués par les infâmes et par les premiers violateurs de mon domicile, Rousselin et Lunier.

Je montai donc, presque impatient, d'un pas ferme, sans hésiter, dans le coupé, croyant être dans quelques instants au logis tout proche, me disait-on, du beau-père, et pour y être enfin, payé sur place, puis retourner aussitôt chez moi afin de me diriger, dès la fin du jour, sur ma campagne en Limousin, après avoir autorisé mon concierge à livrer les meubles que l'on m'aurait payés.

Je m'endormis très-peu de temps, paraît il, après y être monté, dans le coupé qui partit, je me le rappelle parfaitement à de vives allures, destinées peut-être à

provoquer rapidement l'action du narcotique, à la pré-
cipiter, tout au moins.

Quoiqu'il en soit, je fus déposé complétement endor-
mi à Charenton où mon entrée n'a jamais été et ne res-
tera pour moi que comme un véritable coup de foudre
qui vous frappe incontinent et dont on ne peut, plus
tard, que constater irrécusablement l'existence, sans se
rendre nul compte précis de ce qui est arrivé dans ces
conditions exceptionnelles de la vie.

Ma *narcotisation* était tellement *réelle*, l'état léthargique en résultant était tellement effectif, que nombre de
témoins faciles à retrouver à Charenton : l'infirmier en
chef de la huitième division en tête, puis le gardien en
chef, le sieur *Compain*, l'interne de service à la date
du 23 janvier 1870, vers trois heures de relevée, et foule
d'autres témoins (sans compter l'infâme Pramvel qu'on
pourrait entendre, quoique indiqué à titre de renseigne-
ment), peuvent être assignés et affirmer, les uns et les
autres, le fait suivant que l'on m'a raconté à moi-même,
à savoir :

J'ai été *extrait*, devant témoins dont je rapporte les
récits, du fond d'un coupé qu'occupait avec moi, en ar-
rivant, l'infâme Pramvel; je ne me sentis nullement enlever à bras et je fus *emporté, comme un colis immo-
bile*, par plusieurs infirmiers, — deux ou trois — du
rez-de-chaussé à un troisième étage, huitième division,
celle des fous furieux.

Quelques gredins à pied, semblant très déterminés
et faisant, sans doute, la troupe de réserve commandée
par le misérable Sterlin, accompagnèrent jusqu'à la
porte d'entrée du bâtiment spécial, au cœur de la geôle,
le coupé de sacripants au sortir duquel on avait supposé
que je pourrais faire résistance si je m'éveillais; la con-
cession d'un caractère énergique m'étant habituellement
faite par mes amis ou ennemis et ayant dû être signalée
par une femme oublieuse seulement de ses devoirs envers son mari et du respect qu'elle aurait dû garder

d'un nom qu'elle avait librement et avec bonheur échangé pour le sien.

L'on s'était sur toute la ligne méfié, très-injustement, des effets réels du narcotique qui réussit à merveille.

La réserve put toucher son salaire, mais elle ne gagna pas ses éperons.

Jeté ainsi, cristallisé pour ainsi dire, tout garotté par un sommeil léthargique au sein de la geôle, je finis pourtant, mais sans pouvoir préciser juste la distance à partir de l'heure où les verrous successifs avaient été tirés sur moi, je finis par recouvrer subitement mes sens !

Comme un nouveau Lazare, je secouai les voiles sinistres dont des mains criminelles avaient souillé l'enveloppe d'une âme, libre de droit divin, naguère consciente d'elle-même, arrêtée odieusement dans toutes ses légitimes expansions par la démence d'une cruelle épouse et par la volonté plénière des fonctionnaires publics, *Rousselin et Lunier*, presque au-dessous des *assassins vulgaires* et sûrement beaucoup *plus lâches*, beaucoup plus dangereux !

L'étonnement glacial que l'on éprouve après un pareil guet-a-pens accompli contre vous, pour la première fois, a quelque chose d'indescriptible, malgré tout apprentissage de la douleur, qui devient familier, pour chacun de nous, aux confins de la vie.

Hélas! c'est l'imprévu dans l'amplitude des ténèbres qui se dresse devant vous comme un hideux fantôme; vous saisit à la gorge, vous gagne comme un flot diluvien; qui s'agite une dernière fois sous vos yeux stupéfaits et courbe bientôt le cœur glacé vers des pôles inconnus.

C'est un monde nouveau tout sinistre, jaillissant d'un gouffre pâle comme la mort, qui terrifie et vous inflige des stupeurs incommensurables, inédites encore pour les vivants.

L'on se tâte alors par un instinct brutal, involontaire,

2

pour se prouver seulement, à nouveau, qu'on existe encore; l'on croit au néant, l'on craint de n'être plus qu'une épave solitaire sur un océan sans limites; l'on se secoue sans s'en douter; l'on se promène avec une fébrile ardeur, l'on provoque une vitalité qui vous paraît douteuse; de l'œil, de la main, du geste, de la voix l'on sonde, l'on interroge le ciel et les parois qui vous enserrent. Et l'on gémit bientôt sur sa liberté perdue dont a recouvré le sentiment; puis l'on sent rouler au fond de l'âme les douleurs plénières et les lourdes colères que la mort seule peut éteindre!...

Essayez, vous qui êtes incrédules et vous saurez si je dis vrai. Mais non! ah! que Dieu vous préserve de jamais essayer!

IMMATRICULATION A CHARENTON

L'HOMME-CADAVRE

REPRÉSENTÉ PAR UN CHIFFRE ET UNE LETTRE

Triomphe de la matière.

Première nuit à Charenton. Division des fous furieux.

Mon premier geôlier, un porte-clef quelconque, faisant sa ronde de jour que j'interrogeai, dès que je fus sorti de ma léthargie, me parut fort surpris du calme apparent qui était le mien, pendant que je sentais si bien, pourtant, que seule mon âme était libre; mais il confirma, du moins, mes convictions déjà bien tangentes au vrai, et me fit, sans nul embarras, la confidence très explicative que la boîte close où j'étais interné se nommait *Charenton*.

Je dus me résigner, mais bientôt infléchi par la fatigue (car, je fus toujours privé de toute espèce de siége, et placé seulement dans un couloir éclairé, à hautes parois grillées, laissé libre dans mes mouvements comme quelques fous *gâteux*, non furieux et non attachés), je finis par m'asseoir sur le parquet et me reposer, ainsi, sur ce singulier lit de camp.

A la nuit, peu après la chute du jour, l'on m'ouvrit une cellule où il y avait un petit lit de prisonnier, et pour tout meuble un vaste fauteuil en bois, *rivé au mur*, qui me sembla d'abord être un meuble à usage tout intime, mais dont bientôt, en inspectant de l'œil, sans y entrer, des chambres voisines analogues, j'eus la douleur de découvrir la véritable destination.

C'était ce qu'on nomme un fauteuil de force!...

Les courroies avec lesquelles on fixe le patient sur ce singulier siége *inamovible* n'étaient pas loin sans doute, mais enfin elles n'étaient pas encore disposées pour moi ; je ne les ai point vues dans mon cabanon ; l'on ne me les a pas imposées !

Je ne sais en vertu de quelle loi barbare, et depuis qu'on a dit en France de l'illustre Pinel, *vincula solvit*, l'on ose bien perpétuer, encore de nos jours, des procédés qui déshonorent l'espèce humaine !

Ce que je sais bien mieux, c'est que, lorsqu'on revient, ainsi que j'ai la douleur de le faire sur de pareils souvenirs, et qu'on sent, plein de reconnaissance, que Dieu vous a toujours maintenu la raison qu'il vous avait donnée dès le berceau, l'on se prend à dire, sans amertume, mais avec une profonde conviction :

Le mépris de l'espèce humaine est le premier des droits de l'homme !

Quoi qu'il en soit, dans cette amère cellule pour laquelle *une* femme *chrétienne* avait osé dire : « Sésame, « ouvre-toi ! » n'ayant pour tout mobilier nul autre qu'un petit lit de fer de prisonnier, je dormis comme l'honnête homme qui a la **conscience** tranquille ; et comme, mieux qu'un autre peut être, le fait tout vieux soldat qui a trouvé, plus d'une fois, sous ses pas le danger et presque la mort, et qui sait par expérience que toute menace de l'espace ne se réalise pas contre nous.

L'on vint me visiter *trois fois,* dans la nuit, et il paraît que c'est la règle pour chacun des malheureux classés dans la huitième division.

Mon geôlier nocturne fut assez convenable en somme; et, me semblant très rassuré sur mon compte, très confiant même, il se retira chaque fois sans dire un seul mot, se contentant d'éclairer ma figure de la *lumière blafarde de la lanterne sourde.*

Je le remerciai, — *tout bas,* — sans mot lui dit dire moi-même bien entendu, pour regagner ainsi, plus vite, mon sommeil trois fois interrompu.

En me couchant, j'avais pris la précaution, — quoique mon appartement fût excessivement bien fermé, — de garder sur moi, dans mon lit, un gilet de voyage à deux poches intérieures; *j'avais ainsi* tout près de moi, sur *moi-même, mon argent* de poche, des *clefs, divers titres de rente* et autres menus objets dont j'avais, dès le matin du jour de mon emprisonnement, garni mes poches en me levant : mon projet était, en effet, de quitter pour ma campagne, en Limousin, Paris même par le train du soir; et rien, en vérité, ne devait me faire prévoir que mon destin était de coucher à Charenton, ce jour-là même, prisonnier en compagnie de fous furieux, et par l'ordre précis d'une chrétienne haineuse, dame de charité, dit-on!

Dieu seul pourra, s'il plaît à sa clémence, pardonner à tous les coupables tout le mal qu'ils m'ont fait; quant à moi, je ne le saurais promettre.

Je ne puis même arriver à oublier au moins un nom parmi tant d'autres, celui de ma cruelle femme.

De pareilles tristesses se comprendraient-elles par le meilleur de nos amis?... Nous ne le pensons pas : elles ne sauraient être racontées dans toute leur amplitude;

elles restent éternellement sans nom et sans mesure, et tellement rivées au cœur qu'elles ne peuvent plus rebondir sur les lèvres.

PREMIÈRE VISITE DU MÉDECIN A CHARENTON

Vols bientôt commis au premier bain.

Le lendemain de cette première nuit, je fus convié à rester sur le pas de ma porte ; et *là*, je fus bientôt visité comme une chose, comme un objet quelconque dans un inventaire, comme un chiffre dans un décompte par un petit vieillard, *froid comme une chaîne de puits* qu'on me dit être le médecin en chef et se nommer *Calmeil*.

Ce fin sournois, ce singulier aliéniste aux convictions atrabilaires ne me laissa, ni ce premier jour-là, ni dans le reste du temps de ma captivité, deviner ce qu'il est réellement ; il est fort habile, au surplus, à déconcerter la méfiance et à faire prendre le change sur *son vrai caractère*.

Le temps seul et nos observations faites sur titres incontestables, nous ont livré sa *photographie*, qui ne sera certainement point fausse ; ni flatteuse, parce que j'ai dit qu'elle serait *vraie*.

Ce docteur, irrespectueux de ses devoirs professionnels, est venu se *dévoiler* fatalement à moi depuis le jour de ma délivrance, et lorsque, retour de l'exil de Londres, je vins en fin d'avril au sein de ma famille regagner mon abri rural, *à Chamboulive*, dans la Corrèze.

Je lus *alors*, on peut lire, tout enregistrée, en la justice de paix de Seillac, la copie d'un certificat *per-*

sonnel de ma santé, qu'il lui étaiɩ interdit de livrer à
qui que ce soit au monde, en dehors des transmissions
légales, limitées et définies. Or, le docteur Calmeil eut
l'imprudence, l'infamie de la livrer dès le surlendemain
de mon incarcération, sans nul droit à ma femme; cette
pièce confidencielle fut colportée de Paris à ma résidence rurale de Chamboulive par *Sterlin* connu déjà,
le directeur du crime, seul fondé de pouvoirs qu'ait su
trouver ma femme, cocher de madame sa mère, qui le
remit audacieusement à un *juge de paix ignare et
coupable;* ce magistrat indigne crut pouvoir faire de
ce certificat la base d'une apposition de scellés que, bien
entendu, j'ai fait lever immédiatement, et pour lesquels
je me propose d'intenter toute action contre ledit juge
de paix, que je livrerai aussi au parquet lui-même pour
illégale apposition.

Je tiens donc surtout, en recueillant divers documents
personnels ou non, mais que je vais rappeler bientôt
ous **concernant les malades** dont il se croit le maître
absolu, je tiens le docteur *Calmeil* pour un grand coupable; inconscient, je l'espère, pour son honneur, de
tous les **actes** vraiment criminels qu'il commet depuis
tant d'années, à son titre d'autocrate absolu, ne subis-
sant, n'acceptant aucun contrôle, *type* enfin, comme on
ne saurait trop l'affirmer, *du* hideux *gouvernement
personnel,* implanté de si vieille date, par les aliénistes,
dans la Bastille n° 2, qu'on nomme *Charenton.*

Mais suivons, avant tout, le docteur daignant hériter
et venant s'occuper de mon individu, comme d'une
portion quelconque de son matériel, importée de la
veille.

Par un reste de pudeur de la part des maîtres de
céans, et comme rançon de l'outrage commis sur moi
la veille, n'ayant reçu, au surplus, nul aliment, pas
même une goutte d'eau de la soirée du 23 janvier, jour
réel de mon enlèvement; mais ayant mérité, sans doute,
une **bonne note** de mon gardien à lanterne sourde, dont

j'ai parlé, il fut, paraît-il, ordonné par le sieur *Calmeil* à mon geôlier nocturne, qui, du troisième étage, me conduisit vers dix heures du matin déjeuner avec d'autres compagnons d'infortune dans un réfectoire commun, au rez-de-chaussée, et où je trouvai un peu moins furieuse compagnie, il fut ordonné de *me céder*, de *me passer en charge* à un autre, à un nouveau gardien.

On se préparait à cet acte hideux, que j'appellerai infliger un numéro, noyer dans la masse tout être fatalement interné dans cette geôle impure !...

Je fis connaissance ainsi, avant la fin du deuxième jour, d'une nouvelle chambre, et le surlendemain de mon incarcération je subis une deuxième visite du sieur Calmeil, dans ma *chambre privée*.

Bientôt *un bain* me fut proposé par le *cauteleux* vieillard, vieux client de tous les genres de perfidies ; le bain paraît être à Charenton une mesure de joyeux avénement.

Le bain, arme précieuse dans les mains d'un habile enjôleur, vous est offert presque avec grâce ; et, pour pour peu que vous le désiriez, on y mêlerait du son. La voix du docteur s'infléchit en cette circonstance, et, mielleuse tout au moins, vous promet, s'il le faut, de tourner à la prière.

L'on croit vraiment entendre un conseiller obligeant, presque un ami ; l'on croit avoir mis la main sur un aliéniste honnête !

Ah ! qu'on se trompe rudement !

Tout bain d'avénement n'est qu'un piége qu'on ne tend jamais à tout malheureux interné, déjà rangé sur sa mine parmi les pauvres, et dont les dépouilles sont reconnues sans nulle valeur.

Le piége sacramentel me fut réservé à moi, dont on connaissait l'identité.

Et, en effet, voici ce qui se passa :

Dès que je fus à l'eau, dans une baignoire assez éloignée de la chaise sur laquelle j'avais dû déposer mes vêtements personnels, dès que je fus enlacé, pour ainsi dire, d'une chaîne liquide, l'on se mit à fouiller, à huis clos, chacune de mes poches ; et chacune fut complétement vidée de leur contenu dont j'ai parlé plus haut.

Bien plus !... l'on ne me rendit même pas mes effets personnels, et, en leurs lieu et place, sous le prétexte *obligeant* de les faire nettoyer — en avant le mensonge si cher à Charenton ! — d'autres habillements me furent offerts et imposés ; ils étaient à peu près en état de propreté, mais usés déjà, ayant évidemment servi, longtemps même, à tout autre pensionnaire.

L'on compléta mon uniforme par une petite casquette *de domestique*, au lieu de mon chapeau.

Je venais d'être effacé — je portais, de par la volonté impie d'une femme rebelle, sans y avoir aucun droit heureusement, la hideuse livrée de la misère — l'uniforme outrageant des aliénés !

J'avais disparu de la terre pour tous ces aveugles bourreaux au petit pied ; — je reçus un numéro d'ordre, j'étais ravalé au rang d'un chiffre ; j'étais désormais K. 730 !...

J'étais absorbé dans la masse opprimée, ainsi qu'un grain de farine séparé d'abord est ramené bientôt et englobé dans une pâte voisine, absorbant dans une même masse tout élément distinct qui l'entoure.

La créature humaine et libre était en moi comme *frappée de néant !...*

A ce sujet je déclare, *sur l'honneur*, qu'un surveillant intelligent (beaucoup trop peut-être !) attaché, plus tard, sur l'ordre de je ne sais qui, à ma personne, à titre de *mon serviteur privé*, le sieur *Colozier* (que je puis faire citer comme témoin devant la justice), a bien osé me déclarer, *en face*, mais seulement depuis que j'ai reconquis ma liberté, que :

Lui, dont le service particulier nullement provoqué par moi, m'a été imposé et a seulement ainsi été accepté et subi, qui m'a été compté sur le pied de 900 fr. par an, sur mon *état de dépense* réglé et *enregistré*, avait, par ordres reçus à ce sujet du sieur Baroux, ignoble directeur de Charenton (le mot est doux pour ce personnage !) pour *mission première, avant toute autre,* de me surveiller à vue constamment, comme son prisonnier ; ajoutant, le croira-t-on, les *mots sont textuels,* qu'il répondait de moi corps pour corps — qu'il était réellement « *mon maître !* » et que j'étais « *sa chose !* »

Je suis trop âgé, je suis trop fatigué de la vie pour inventer les choses lugubres que je raconte non sans une douloureuse indignation, mais en toute sûreté de conscience et à cette seule fin honorable et si légitime de :

Dévoiler enfin le hideux Charenton!

Voilà passé à l'état normal, dans un *établissement public,* le *mépris* absolu, *radical,* incommensurable de *la dignité humaine!* organisé sur place, à ciel ouvert, avec *toute haine,* avec toute *impudence,* avec toute *impunité.*

Et dans *l'esprit de tout attaché à Charenton,* de la cave au grenier, du sommet à la base, du premier chef directeur geôlier, y compris et avant tout les médecins aliénistes de ce repaire, jusqu'au dernier valet laveur de vaisselle, *tout interné,* malade ou non, tant qu'il n'est pas sorti du goufre vivant ou mort, n'est *qu'une chose* et provisoirement *un cadavre !*

Ce cadavre conventionnel n'est plus qu'un malheureux, un être purement matériel, catalogué, doté seulement d'un numéro, comme on fait du bétail en ses écuries, et chez qui l'on tolère l'entretien de la vie animale, sans lui accorder même cette dernière liberté d'une façon absolue.

Quand le public, en France, sera enfin parvenu à jauger Charenton, quand on aura colligé tous ses mystères, quand on aura fait le bilan de tous ses crimes, l'histoire devra faire une amende honorable pour toutes les malédictions qu'elle a déjà infligées à ce qu'on nomme les prisons d'État, et par une sage application de la règle de trois, décréter de néant à tout jamais, flétrir Charenton sans appel, et déclarer que :

> La Bastille après son décès,
> Sut vivre encor quoique bien morte :
> Car Charenton ouvrit la porte
> Pour abriter tous ses excès !

SPOLIATIONS ORGANISÉES

FAMILIÈRES A CHARENTON

Abus sans pudeur. — Administration arbitraire et criminelle des biens du prisonnier.

Nous avons dit que tout nous fut enlevé de nos poches le jour du premier bain dit d'avénement ; l'argent paraît avoir été remis, on nous le dit du moins, à un sieur Le Roy, receveur de la geôle, fonctionnaire à cautionnement et responsable.

Or, ce comptable audacieux reçut de confiance ce que le drôle ayant fouillé mes poches voulut bien lui remettre. Il ne lui a remis, paraîtrait-il, rien de la menue monnaie de mes poches ; laquelle se montait à environ 20 fr.

Ce vol, que j'affirme sans nulle passion, sans nul regret bien spécial, résulte de la comparaison des chiffres ; — cette arme redoutable aux mains d'un ancien agent du contrôle que je suis, en ma qualité de sous-intendant militaire.

Je prouverai ce fait en rapprochant la somme totale

du dépôt que déclare le sieur Le Roy sur des *états
enregistrés et signés de lui*, et celle que je déclarais
moi-même, de Charenton même, alors que ma mémoire
était naturellement très précise au sujet du contenu de
mes poches, à l'un de mes conseils qui possède, heureusement, ma déclaration *écrite dès cette époque*.

Ce vol misérable a été, sans nul doute pour moi,
commis par quelque baigneur de l'établissement, spoliateur attitré dont je ne sais pas, dont je ne recherche
pas le nom, mais qui a trompé *sûrement* la bonne foi
du receveur ; lequel receveur je reprendrai en sous-œuvre, non pour ce fait que je ne saurais lui attribuer,
mais pour ses propres agissements, coupables au premier chef.

A l'occasion même, je rappelle encore ici, afin de parfaire la photographie, que lors *d'un deuxième bain*
— assez peu de temps après celui de joyeux avènement — je trouvai, cette fois encore, en remontant de
la salle de bains dans ma chambre, une pièce de 20 fr.
en moins, dans un *gilet* que je n'avais *point gardé* sur
moi quand j'étais dans *le bain*.

Je cherchai vainement ladite pièce avec mon serviteur Colozier, que dis-je, *mon gardien !* qui répondait
de ma personne, nous l'avons vu, mais point de mon
argent, et je ne me plains pas du dernier fait.

Je fis, encore une fois, le sacrifice de ces nouveaux
20 fr., mais je trouvai, à partir de ce jour, les bains
de « l'asile » d'un prix trop élevé ; — oncques, je n'en ai
jamais pris d'autre, et pour cause, je n'en aurais même
jamais accepté un nouveau, à moins que ce grotesque
potentat de Calmeil ne m'en eût, un jour de démence
plus accentuée chez lui, ordonné un avec *collier de
force ;* ce que ce malheureux croit être de *son droit
strict*, dès que cette idée est venue frapper son cervelet !

Au reste, l'on va juger un peu mieux par le fait suivant de la véracité, pour :

*Accusations de vol, de dilapidation, d'adminis-
tration abusive et insensée :*

Sous les auspices et *par le fait* de l'arbitraire coupable au premier chef, parfaitement *criminel* des :

Sieurs Baroux, *directeur* ⟩   de
     Le Roy, *receveur* ⟨ *Charenton.*

Nous avons *en mains*, toutes prêtes pour être mises
sous les yeux de la commission judiciaire, toutes pièces
enregistrées au greffe, constatant un premier fait ; les
autres viendront plus tard, dans leur ordre *logique* et
si l'espace le permet.

Ce premier fait est le suivant :

Une dépense sur le pied de 900 fr. par an, soit 2 fr.
50 c. par jour, figure à notre compte arrêté arbitrairement à trois mois huit jours, c'est-à-dire quatre-vingt
dix-huit au lieu de soixante-douze jours de séjour réel.
(distance du 24 janvier au 5 avril inclus) au profit du
sieur Colozier, attaché à notre personne et de la façon
aimable que nous avons signalée, laquelle prêterait
réellement à rire si toutes ces tyrannies obscures n'é-
taient pas souverainement hideuses ; soit donc 245 fr.
pour les frais de notre gardien spécial !

Eh bien ! le sieur Colozier, privé aujourd'hui des fonc-
tions de service de geôlier pour pensionnaires arentés à
Charenton, se portant fort de déclarer ce fait honteux à
la justice, nous a déclaré, venant nous réclamer au
sujet de ses précieux services privés, n'avoir pas touché
un seul sou de cette somme de 245 fr. (ou quatre-vingt
dix-huit jours, à 2 fr. 50 c.) et n'avoir perçu en réalité
que 20 fr. par mois, sa paye habituelle et normale de
surveillant ordinaire ; telle qu'il l'avait avant notre entrée en prison.

En sorte qu'un service *privé* que nous avons dû
payer, rien que sur la déclaration hautaine, absolue
mais *signée dudit sieur Le Roy,* pour les frais duquel
nous avons quittance sur un *état enregistré au greffe*

signé *aussi du sieur Baroux*, directeur, nous a été imputé bel et bien.

Mais notre ex-serviteur Colozier reste impayé de cette somme de 245 fr., passée provisoirement à l'état de mythe.

Or nous avons payé sur *quittance enregistrée*.

Il y a donc vol !... Où donc est le voleur ?...

Nous dénonçons au procureur de la République, pour qu'il fasse enquête à ce sujet, et en tant que responsables, les signataires de notre état de dépense, dûment enrégistré, savoir, les sieurs :

> Baroux, directeur   }   de Charenton !
> Leroy,   receveur

VOLS DE TOUTES CHOSES

AUX PRISONNIERS DANS LEUR CHAMBRE

Ignobles filouteries.

Nous sommes obligé, pour l'ordre chronologique de sauter de l'une à l'autre des vilaines gens qui ont pollué notre liberté individuelle sur place dès que nous avons été jeté en leurs cruelles mains !

Revenons au docteur *Calmeil*, qui doit tant de comptes à une sévère justice.

Sans m'occuper autrement de ses nombreux subordonnés, marchant, assez à la baguette, docteurs ou candidats à l'être, j'affirme seulement ici, que parmi eux tous se trouve *au moins un voleur !* dont j'ignore le nom, mais *qui m'a* sûrement *dérobé*, pour en abuser ensuite, le brouillon d'une correspondance privée à l'état de projet seulement, déposé sans méfiance sur ma *table* à écrire *qu'on abordait* régulièrement *et pour cause* chaque jour, à l'heure de la visite médicale.

Ce vol ignoble, pratiqué avec un front d'airain, par une main honteusement habile, a été commis par suite de ces habitudes arbitraires et dégradantes à l'égard de tous prisonniers de Charenton, que l'on ne traite que comme des gens tout à fait supprimés du monde, — comme des étrangers, désormais, à l'espèce humaine hors classe, — *des aliénés ;* appellation *indigne* qui veut dire *proscrits* et *cadavérisés !*

Ce vol s'est accompli, *sur place,* chez moi-même, *hors de ma vue,* bien entendu (l'on m'entourait à plusieurs, l'on me fesait causer, l'on m'y conviait pendant la perpétration de l'infamie !) mais *sous les yeux de tous autres* gens de tout rang, employés ou serviteurs, faisant cortége au médecin en chef dans son inspection journalière des pensionnaires.

Le malheureux *filou* a donc *violé mon domicile,* a souillé ma *chambre personnelle* à Charenton, payée plus que grassement, on le verra plus tard (1), au double *mépris,* également condamnable, *d'une hospitalité* réelle que j'avais soin d'exercer, chaque jour, avec politesse autant qu'il m'était permis *et des obligations* professionnelles dont semblent *seuls* respectueux et si jaloux, on peut l'ajouter, la plupart des médecins qui ont le bonheur de n'être *pas aliénistes.*

Ces derniers, au contraire, les aliénistes, je le leur prouverai irréfragablement plus tard avec le temps, sont, fatalement, des hommes dangereux au premier chef, ennemis nés de la société, telle qu'elle est organisée, telle qu'elle a le droit de le rester.

C'est une secte à interdire, virtuellement, dans la totalité de ses adeptes sur toute l'étendue du territoire.

J'espère prouver, un jour, que tous les aliénistes sont

---

(1) Je consigne ici de suite le chiffre *enregistré* et *payé forcément* par moi de 1,646 fr. 38 c. pour soixante-douze jours (24 janvier au 5 avril) de prison, soit plus de 22 fr. par jour ! — Sous toutes réserves contre directeur-receveur et toute la commission administrative permanente, tous également coupables d'une pareille dilapidation de mon bien !

de droit divin ou par fatalité de leur destinée spéciale, de vrais aliénés, sur le point de le devenir malgré toute honnête résistance de leur part. Je leur fais, par ces derniers mots, la part fort belle; car, beaucoup, hélas! sont entraînés dans ces abimes sans essayer de briser l'effluve envahissante qu'ils subissent par le fait même de leur spécialité.

Quant au docteur *Calmeil, maître absolu à Charenton*, c'est un vieillard de près de soixante-quinze ans, remarié, dit-on, assez récemment; ce qui peut étonner en somme mais ne saurait, sans prévention, tirer pourtant à plus sérieuse conséquence!

Ce qui est plus sérieux, c'est *qu'il pèse*, depuis de trop longues années, *sur cet établissement modèle* des aliénés, et sur le sort réel des malheureux prisonniers, abandonnés presqu'à sa *disposition plénière!*...

Je dis trop longues années, parce que le sieur Calmeil est *déjà cité*, comme médecin seulement adjoint alors à *Charenton*, dans le livre sur les « Maladies mentales » que son auteur, le savant Esquirol, médecin en chef de l'asile à cette époque, faisait imprimer chez Baillière, à Paris, en 1838. Il y a donc entre trente à quarante ans, peut-être davantage. Il est donc *grand temps*, je le proclame bien haut, en toute sûreté de conscience, par *pitié pour* tant de pauvres *affligés* qui sont si souvent retenus dans un état de *captivité extra légale* sans fin et honteuse au premier chef, de faire changer de résidence et de place ce *sphinx aliéniste*, cet acharné et *éternel représentant du pouvoir absolu*, de rendre enfin, à un repos nécessaire à sa propre liberté et probablement à ses remords, ce chef vraiment *grotesque* par ses *prétentions à l'infaillibilité*, *défenseur* intraitable, inexpugnable du gouvernement personnel, *faisant de soi* et resté pendant sa longue existence libre de tout contrôle extérieur, aussi utile qu'indispensable.

Pour faire préjuger, plus sûrement et sans parti pris,

tous les *abus effectifs* qui ont pu se commettre pendant
un règne, absolu, aussi long et qui se continue sans
rémission avec un calme apparent de conscience bien
fait pour étonner l'observateur, citons un seul exemple,
tout récent et indiscutable.

Ab uno disce omnes, dirons-nous.

DÉVOILONS UN SEUL MYSTÈRE

Qu'on sache donc, enfin, que le commandant d'in-
fanterie *Marulaz* que j'ai connu seulement en prison,
à qui je fus présenté réciproquement, par le geôlier
même en chef, si je me rappelle bien, le sieur Baroux,
directeur de la geôle, commandant que j'ai dans tous
les cas, trouvé à mon entrée à Charenton et que j'y ai
laissé sur place à ma sortie après soixante-douze jours
de captivité, a été reconnu par moi-même, grâce à un
examen attentif, journalier, de son état de santé et à
l'aide de causeries sur toute chose *reconnu*, il faut
bien le dire, et constamment en aussi *pleine* possession
de sa *raison* que je le suis resté toujours, de la mienne,
même sous les verrous! Les verrous sont bien dissol-
vants pourtant en cette atroce existence, où le sentiment trop vif de la violation de la liberté et le spectacle
forcé d'une criminelle arrogance impunie, peuvent bien
suffire à troubler la raison, si le cœur ne venait un peu,
avec l'espérance, au secours du cerveau !...

Quoi qu'il en soit, j'eus l'occasion et je dus remplir,
de suite alors, le *devoir devenu sacré* après ces convictions, de signaler nominativement ce compagnon
d'infortune, indûment captif, à M. Picot, juge au tribunal de la Seine, au cours d'un procès-verbal, *dûment*

enregistré, et qui m'était personnel comme interro-gatoire.

Je venais d'attacher le *grelot*; j'avais éveillé, enfin, plus heureux pour autrui que pour moi, les justes sus-ceptibilités de la justice en faveur de mon compagnon de captivité.

Et M. le commandant Marulaz, dont le père a son nom glorieusement écrit sur l'Arc-de-Triomphe à Paris, a été *remis* finalement en *liberté*, vers fin d'avril 1870; *peu de temps*, en somme, *après ma propre évasion*; et par suite, sans nul doute, de la courageuse et notoire dénonciation faite par moi, en faveur d'un vieux camarade opprimé depuis si long-temps.

Avant ce jour de délivrance M. Marulaz a été, comme *homme* et comme *citoyen*, la victime innocente des plus *odieuses exploitations* ; suspendu de tous ses droits et tangent à une spoliation absolue de sa for-tune, il a été constamment abandonné par les *protec-teurs* naturels, que *la loi lui devait* assurer sur place !...

Il est libre aujourd'hui, grâce à Dieu et à moi-même ; j'ai le droit et le bonheur de m'en féliciter, ce vieux et noble camarade et d'armes et de captivité !... Mais je dois le dire (comme *observation de mœurs bien douloureuse*, hélas !), je l'ai vu encore pendant le temps de notre séjour commun à Charenton, traîner, sans embarras apparent, avec un air de résignation qui me stupéfiait, une *brouette*, comme un *terrassier accompli*; — *pour se distraire*, peut-être ! en roulant des pierres et de la terre, de ces *douleurs atroces*, palpitantes, sans doute, mais subies et acceptées que jette au cœur une longue captivité !...

Puis ce pauvre ami, recouvert en réalité, *pour mieux oublier sans doute*, d'une blouse de travail en *loques*, qu'il rendait avec sa brouette, en fin de séance recevait, en échange du service rendu à l'administration, un

3

quart de litre de vin ou un peu de tabac sur *bonne note* délivrée, *s'il y avait lieu*, par un infirmier, *domestique* et surveillant des travailleurs !...

Et M. le commandant Marulaz, fils d'un des plus dignes généraux de l'Empire, comme nous l'avons dit, était déjà, à son *entrée* à Charenton, en 1855, *retour de Crimée*, officier supérieur, officier de la Légion d'honneur et frère de deux officiers généraux eux-mêmes ses aînés, retraités aujourd'hui l'un et l'autre ; et puisqu'il n'a quitté la geôle qu'en 1870, voilà, sans conteste, un *honnête homme resté prisonnier* sans nul jugement, à *Charenton*, pendant *quinze ans* (*moitié* de la vie moyenne !...)

De grâce, messieurs de la commission juridique, expliquez-vous à vous-mêmes cette détention que j'ai choisie sans qu'elle fût la seule à citer, et puis, rendez-vous compte de tant *d'autres pareilles ! Charenton sue le crime !...*

Sans mon initiative près de M. le juge Picot, je crois, sur mon honneur, que M. le commandant *Marulaz* serait encore dans la geôle et qu'il y *serait mort* ; comme mes ennemis acharnés et nombreux, tous bien soldés, espéraient sans doute m'y faire mourir moi-même, si je n'avais pas eu l'énergie de reconquérir ma liberté, de fuir le supplice et mes geôliers impurs !...

Livrant ainsi par mon « habile retraite, » comme l'a dit un grand, illustre et noble cœur que je respecte trop pour le désigner davantage, livrant, je puis bien l'avancer, aux fins observateurs du cœur humain la preuve la plus virtuelle, la plus fulgurante, la plus accablante pour l'ennemi, de la sanité de ma raison doublée du calme le plus réel et de l'énergie réfléchie la plus incontestable !...

Je ne terminerai pas sans parler encore un peu, et sommairement, du médecin en chef Calmeil, en ce qui me concerne.

Contrairement à toute pudeur, il a livré *illégale-*

ment, au mépris de ses devoirs professionnels, dès le deuxième ou troisième jour de ma captivité, en date du 27 janvier 1870, un bulletin de ma santé ; telle que ce malheureux et grotesque despote aliéniste ose, ainsi que tous ses autres confrères aliénistes, « illustres » en ignominie, en formuler, dès qu'il l'a réellement regardé pour tout citoyen qu'il a quelque intérêt à décréter ou à faire maintenir comme décrété de folie dans Charenton !

Or ce certificat individuel, d'une nature si délicate, — destiné aux arcanes, — ne devait à *aucun titre,* être livré à quiconque, mais fut livré en fait par une *criminelle* complaisance (gratuitement, je veux bien le supposer ou l'admettre, mais au mépris de toute pudeur professionnelle et de *toutes lois* à cet égard), et livré à une femme rebelle qui ne s'est jamais présentée que *cette fois* sans aucune autre, et pour y surprendre la religion élastique de ce médecin en chef, dépositaire indigne de pareilles archives, dans cette geôle de Charenton où elle m'avait, depuis quarante-huit heures constitué son prisonnier de la façon la plus honteuse et la plus hardie par la domesticité de madame sa mère et par des bandits ramassés dans les égouts de la misère et de la honte !...

————

Médecins aliénistes du dehors nommés experts pour contrôler leurs chefs naturels, les Inspecteurs généraux des maisons d'aliénés, imples fonctionnaires publics : Rousselin et Lunier.

Un crime sans précédent, tiré de longueur, pour ainsi dire *mitonné* en province, précipité dans son brutal dénoûment à Paris aux derniers jours de janvier 1870 avait donc été commis sur moi par les sieurs *Rousselin* et *Lunier,* inspecteurs de Charenton.

La loi de juin 1838 *leur interdisait* pourtant (art. 31 et autres), d'être les pourvoyeurs de cette maison dont

la singulière industrie, tolérée par les lois, les fait vivre
au fond, puisqu'ils en chargent dûment le budget spécial, et à laquelle ils sont tellement « *médecins attachés* » qu'ils la *contrôlent* par devoir, *chaque jour*, et
tout le long de l'année.

Ces infâmes s'étaient donc mis audacieusement, pour
de l'argent, évidemment touché dès 1869, lors de leurs
braconnages à Beauvais contre moi, dans la plus criminelle position dès le jour même où le guet-apens de
ma séquestration fut un fait accompli à Paris par leurs
soins. (24 janvier 1870.)

En face de ce fait irrécusable, l'autorité administrative, la justice elle-même me semblent encore avoir
droit et devoir de soumettre à leurs sévérités ces fonctionnaires publics à qui la loi défendait, ne tolérant la
chose que pour tout autre médecin non attaché à Charenton, de faire jeter dans cette *geôle qu'ils inspectent*,
un citoyen quelconque, si fou qu'on puisse jamais le
supposer.

Tel est le sens *intime* de la loi et le *droit strict* qui
devrait, quoiqu'on puisse dire, être appliqué rigoureu-
sement à *Rousselin* et *Lunier*.

J'ai donc le droit de proclamer bien haut que ces
malheureux ont encouru depuis longtemps, aussitôt
commis l'attentat effectif, sans droit absolu, sans aucune
tolérance relative, contre ma liberté individuelle, l'o-
bligation d'aller s'asseoir sur le banc des assises et d'y
subir l'application de l'art. 341 du Code pénal, eux et
leurs complices de bas étage !...

En cet état, et à ce point de vue parfaitement expli-
qué par le rapprochement du Code pénal et de la loi sur
les aliénés, il était bien *difficile* d'espérer un *examen
impartial* de tous experts *aliénistes ;* presque tous
entrepreneurs tenant appartements garnis et restau-
rants pour fous, et qui n'ont aucuns *chefs hiérarchiques* naturels, plus certains, plus inévitables que nos
persécuteurs salariés, *Rousselin et Lunier*, puisqu'ils

sont tous deux (*arcades ambo!*) *Inspecteurs généraux* de *toutes les maisons* d'aliénés en *France!*

C'est là un fait sec, mais souverainement délicat, et dont le tribunal ne s'est peut-être pas assez préoccupé quand il a désigné une première fois déjà et une deuxième aussi, — l'on ne sait à quel point de vue intime, un premier rapport ayant été fourni régulièrement — Toujours une nouvelle, mais toujours une *série exclusivement composée d'aliénistes*, ouvriers à leurs pièces, pour vérifier les faits et gestes d'aliénistes officiels, leurs chefs hiérarchiques, leurs contrôleurs permanents; c'est une désignation pleine d'anomalies!...

Qu'il nous soit donc permis de chercher à bien fixer et même à enchaîner l'opinion publique à ce sujet ; en faisant remarquer l'alternative cruelle imposée à ces sectaires ardents, unis comme les doigts de la main, spécialistes, éhontés exploiteurs, la plupart, des misères et des faiblesses humaines, bien souvent aliénés eux-mêmes (je le leur prouverai bientôt, j'espère), en un mot, les *aliénistes experts* se prêtant à l'heure éventuelle un secours élastique, se passant mutuellement la rhubarbe ou le séné, et fort embarrassés, en tant que *frères aliénistes*, en face de leurs chefs naturels, réellement coupables!... — Que peuvent donc se dire, — ne parlant sans doute qu'à *eux-mêmes*, — les divers experts aliénistes ainsi compromis : Essayons de le deviner!... L'on s'est dit probablement tout bas :

Nos « illustres confrères » officiels, nos maîtres importants, sont à coup sûr coupables, lois en main et le banc d'une cour d'assises leur sera réservé s'ils ont accusé et fait séquestrer dans leurs propres domaines un fou même et surtout un homme vraiment raisonnable.

Ils seront donc, tout au moins, l'objet d'une absolution relative accablante et de blâmes très-sévères, et l'on ne peut pas leur garantir ce laisser-passer en matière d'application de la loi, dont on a vu jouir certains coquins de choix, coupables ayant pignon sur rue!...

Il faut donc, à toute force, déclarer réellement folle leur victime de Charenton. Il faut sauver de l'infamie nos confrères mal inspirés, nos seigneurs et nos maîtres. — Il le faut! il le faut!

Au surplus, l'on aura des soins pour la victime; on la guérira sûrement.

L'on rendra bien le patient un peu fou, toujours assez du moins pour l'en convaincre, enfin, lui-même à force de douleurs! Ce n'est là qu'un résultat bien simple, facile à obtenir avec nos recettes et nos précieuses habitudes aliénistes.

Il finira bien! — nous saurons l'y courber en le traitant malgré lui et par nos procédés spécialistes!... — par croire, *suffisamment*, qu'il a été réellement malade, que nous l'avons bien *réellement* guéri!

Il reviendra libre en somme (*s'il est bien sage*), un jour ou l'autre, il quittera enfin « l'asile, » et ne se plaindra *plus ou très peu!* Il n'est déjà plus jeune, et l'on nous a dit qu'il a toujours vécu sans fortune privée.

Allons, c'est dit!.. nos « illustres confrères » seront sauvés de l'infamie et les misérables n'y reviendront plus ; le sévère *Chevandrier* à la moralité « dévorante » les a *déjà* vertement *gourmandés ;* qu'ils aillent donc se faire pendre ailleurs!

Entre loups, d'ailleurs, l'on ne se mange pas, ce serait abusif; et nous avons, en somme, tout intérêt, *nous marchands de soupe patentés* à ne *pas* nous *aliéner* nos puissants *confrères*, nos inspecteurs généraux, nos *juges* et nos *maîtres!* pouvant faire clore notre maison!..

Voilà le résumé de ce que se sont dit, sans doute, *in petto*, tous ces *aliénistes experts*, plus ou moins suspects dont nous avons dû subir à Charenton les *examens* successifs et *multiples ;* l'on ne saura jamais bien clairement pour quel motif de droit ou de raison !

Leur patient, désormais libre heureusement, va les examiner lui-même à son tour, et ce sera bien vite fait, se bornant à deux sur la série totale des sept dont il a subi la visite!

Il leur passera à tous une revue plus complète et à fond, dès qu'il en sera temps, sous les yeux du tribunal même à propos de la grotesque instance en interdiction, encore pendante, qu'une épouse chrétienne a osé introduire contre son mari, *aussitôt* qu'elle eût fait *violer sa liberté* par les infâmes Rousselin et Lunier; manœuvre habile en vérité autant qu'odieuse, mais que la justice, une fois éclairée comme nous avons le droit et promettons de le faire, saura bien vite flétrir et rouler au néant.

A l'ordre donc, les aliénistes experts : Blanche et Tardieu ! Et restez cois pendant que je vous démasque.

Le sieur *Blanche*, médecin aliéniste, est le propriétaire envié d'un établissement privé, près d'Auteuil, bien connu à Paris; docteur recommandable, surtout, par sa qualité de loueur d'appartements garnis avec restaurant pour les fous des deux sexes, et de toute nationalité, assez abandonnés sur la terre pour aller s'abriter sous son aile!

Les prix de loyer, *que l'autorité contrôle peu ou point*, ne sont pas doux, paraît-il; les uns, les disent fabuleux; les autres, les disent scandaleux.

Laissons dire là-dessus et passons! On a taxé à Paris les boulangers, les bouchers, on va taxer les épiciers; espérons qu'on taxera, enfin, pour la morale publique, les restaurateurs de toutes facultés et surtout certains loueurs en garni; du moins, quand ils exploitent ces malheureux fous qui sont dans tout établissement public ou privé, *encore plus peut-être dans ces derniers*, traités et *dépouillés surtout* comme des vrais morts, comme des gens irrévocablement supprimés des rangs de l'espèce humaine, et qu'aucune autorité publique n'a protégés effectivement jusqu'à ce jour!

Ah! que la loi Grammont est un sanglant reproche pour les législateurs, un amer outrage au roi de la création, quand on pense aux 40,000 aliénés prisonniers en France, ne vivant que de la vie du tombeau! plus que les fous heureux, heureux tous les animaux fougueux!

Quant aux procédés du docteur Blanche envers ses malades, nous ne pouvons les qualifier en parfaite conscience.

Mais nous dirons de lui, tout au moins, qu'il est un aliéniste impitoyable, *outré*, un homme tout capitonné des préjugés de cette secte impie, dont il est membre actif et membre intéressé au premier chef, par voie d'exploitatation commerciale directe, et devant, sans doute, à son seul titre d'aliéniste, user, tant que l'absence du contrôle le lui permettra, de tous procédés arbitraires envers ses pensionnaires, ces vrais taillables, à merci des tristes temps où nous vivons.

En ce qui nous concerne, nous signalerons spécialement les airs souverainement *prétentieux* de ce *docteur;* si doucereux en apparence, si perfide tartufe au fond, il semble *dénué,—* puissions-nous nous tromper! — de ce que tous les honnêtes gens, *non aliénistes, non aliénés,* nomment tout simplement le *cœur;* se comprenant *très bien entre eux.*

Le malheureux est, en effet, habile à capter la confiance et semble jaloux de le faire; il vous offre la main, sans qu'on la lui ait tendue soi-même, dès la première rencontre, il vous jure *sans rire* et sans qu'on le lui demande, qu'il « est honnête » et qu'il « ne vient pas faire un réquisitoire. »

Nous ne soupçonnions pas, lors de sa visite, le vrai motif de ce besoin, si fervent, d'affirmer en pareille matière. Nous ne l'avons découvert que depuis la conquête de notre liberté. Le rapport Blanche et Tardieu, nous l'avons eu sous les yeux, n'est, en effet, rien moins qu'un simple rapport médical, le seul à fournir, le seul demandé par la justice. Il n'est qu'un modèle, plus que parfait, d'un réquisitoire odieux dont le vrai motif, dont la véritable pensée inspiratrice seront exposés, avec développement, sous les yeux du tribunal à l'heure venue des suprêmes discussions de toute chose.

Cet expert audacieux, tout résolu à l'avance, se préparait lui-même et s'affermissait dans ses intentions impures; pour mieux nous tromper, il nous voilait sa pensée et la contrefaisait en glissant à notre oreille des mensonges impies.

Voulant nous attirer au piége, il pose au début pour le bonhomme, nous provoque, nous charme presque, nous entraîne habilement, mais il trahit bientôt avec impudence ceux dont ses airs cauteleux avaient surpris la religion.

Il se prend honteusement à oublier les heures, déjà si longues, depuis que nous avions gémi pour la première fois, depuis que nous avions jeté à la justice notre premier et légitime cri d'alarme, pour rentrer dans nos droits sacrés à la liberté individuelle ; cet impudent aliéniste mentant audacieusement à M. Du Puyparlier et à ses amis prétexta de fausses migraines, éternisa pour nous arbitrairement le supplice, et d'un cœur « léger » nous laissa sur les charbons ardents.

Il avait accepté, sans prêter le serment, dont la jurisprudence de la cour de cassation a rappelé pourtant le cachet obligatoire, une mission qu'il avait librement entreprise et qu'il fallait, s'il eût été honnête, mener à fin rapidement en temps utile et sous cette garantie du serment dont il s'est dispensé.

Loin de là, le sieur Blanche a osé prendre un *grand mois* tout entier, après sa dernière visite, pour rédiger et déposer un simple rapport médical ordonné pour une question de liberté pendante depuis soixante jours!...

Ce rapport médical rare, unique en son espèce, œuvre impure d'habiletés coupables, n'est qu'un réquisitoire audacieux, nous l'avons dit, aussi long que passionné et sans aucuns motifs dans l'espèce.

Que voulez-vous? Il faut beaucoup de temps (*un mois!*) pour échafauder solidement une accusation préméditée et en règle (de commande, sans doute, et sans doute consentie) pour bien distiller la haine féminine ou aliéniste, pour satisfaire toutes les exigences impérieuses, seul espoir de l'avenir, de « collègues illustres » descendus au rang des criminels!...

Oh! l'on a parlé, *sans doute en haut lieu, du fameux rapport Blanche,* ailleurs aussi, et peut-être même à la préfecture de police ; et l'on a partout, nous le craignons, si n'est estimé au moins admiré l'aliéniste si parfaitement versé dans l'art de sauver du banc de la cour d'assises les « illustres confrères, » comme il les appelle, les sieurs *Rousselin et Lunier*, riant sous cape de cette appellation, mais devant trembler au fond comme fonctionnaires publics, *infâmes violateurs de ma liberté!*...

Le sieur Blanche a jugé avec une vive et coupable intelligence, l'alternative fatale à laquelle il se trouvait courbé, pour sauver deux coquins émérites ; il a osé déclarer fou à triple carat, fou terrible, fou dangereux au dernier chef pour l'ordre public, pour l'ordre social tout entier, pour l'univers au grand complet, un citoyen paisible depuis qu'il est au monde, dont la seule folie a été de croire trop longtemps à ce qui ne devrait jamais périr à savoir, l'équité et le droit, mais qui, en somme, depuis longues années et notamment après trente-quatre ans de services militaires effectifs, dont huit en face de l'ennemi, possède à son actif et à son bilan un chiffre d'honorabilité qui n'appartiendra jamais à l'impur Blanche, quoi qu'il fasse et qu'il ose.

Ce juge d'instruction, accusateur hors cadre, audacieux aliéniste, *insulteur patenté*, faisant oublier les Bernier vient, au surplus, tout récemment en compagnie de l'ex-dentiste d'un ex-ministre de subir un singulier affront; le sieur Blanche a reçu le dernier coup de pied de l'âne de feu Me Olivier, ce singulier ministre de la justice, dont l'anagramme posthume est *vire-loi,*

Qu'on relise, en effet, c'est bien facile, au *Journal officiel* ces promotions généralement si honteuses du 15 août 1870 ; l'on verra, en toutes lettres, pour motifs concernant la décoration du *sieur Blanche, ces mots impertinents* :

« Services rendus à la justice ! »

N'est-ce pas là une *mention* plus que déplorable pour le titulaire de la croix d'officier, et surtout mille fois plus honteuse, plus *impudente*, tranchons le m t, quand elle tombe des lèvres d'un garde des sceaux intéressé par devoir personnel, absolu, et par respect de ses dignités officielles, à ne pas discréditer la classe si honorable, en somme, des magistrats français.

Il est vrai que depuis cette date si fraîche du 15 août dernier, le pays, tout entier, sait l'histoire des complaisances ignomineuses de l'un des premiers magistrats d'une grande nation ; mais le noble langage des magistrats de la cour de Nancy vient, heureusement, de porter à leurs autres estimables collègues si nombreux heureusement en France, dont quelques-uns illustres, la glorieuse rançon de la honte et des douleurs qu'a fait naître dans tous les cœurs honnêtes la lecture des lettres intimes d'un ex-président.

Puisse d'un même coup la nation entière oublier le nom de l'entremetteur impérial et la magistrature française oublier le nom de ce ministre « *au cœur* » et surtout au langage « *léger* » qui osa jeter un jour à l'espace, par la voie officielle, la honteuse affirmation concernant le sieur Blanche.

Espérons tous que dans notre patrie si noble au fond et tant éprouvée, sous la République du moins, sous ce gouvernement du pays par le pays devant, et avant tout autre, rester respectueux de lui-même afin de réaliser les heureuses destinées que rêvent les honnêtes gens, espérons qu'en France, terre classique des délicatesses du cœur et du langage, l'on pourra dire à tout jamais :

La *Justice* ne *rend* que *des arrêts* conformes à la loi !

La justice ne rend, ne doit rendre, ne rendra *et ne reçoit*, ne doit recevoir et ne recevra *jamais de services.*

Mais quelle erreur, mordieu ! *L'on s'est trompé* évidemment à l'*Officiel* du 15 août 1870 ; l'on a voulu dire, en parlant du sieur Blanche *:*

« Services rendus à la *police !* »

En effet, on se racontait un jour à Charenton, entre gens d'esprit, pleins de raison, plus nombreux qu'on ne croit dans la masse des *pensionnaires*, qu'un nouveau venu, prétendu malade, superbe et vigoureux garçon ma foi de 30 à 35 ans qui, bien entendu, n'a jamais été l'objet d'aucun traitement médical quelconque — que j'y ai vu, au surplus, et comme tant d'autres, entrer un matin subitement, vers la fin du carnaval 1870 (date certaine comme époque), quand j'y étais déjà prisonnier, — n'était pas fou du tout.

Qu'il n'était *placé à Charenton* que *pour éviter* le banc de la *cour d'assises !..*

On racontait que ce nouveau pensionnaire avait, au bal de l'Opéra, blessé tout récemment un malheureux garde de police qui voulait l'arrêter pour tapage et qui aurait été, au contraire, lui représentant la loi, tué ou du moins complétement estropié par le prétendu fou.

Ce même jour, tout le monde — ému par la nouvelle — disait alors à Charenton (et c'est facile à vérifier sur les registres), que c'était le docteur *Blanche* qui avait signé le billet d'entrée comme fou sur la prière de la famille de l'intéressé ou sur la prière, sur *l'ordre* ou sur le *consentement* de la *police* ;

Afin *d'éviter* à ce jeune gentleman, nous le répétons, le *banc des assises* si bien mérité !...

Les registres de Charenton placés sous les yeux de la commission, un coup d'épaule à ce sujet de l'honorable M. de Kératry qui a dû hériter de tant de dossiers, rue de Jérusalem, voilà plus qu'il n'en faut pour vérifier cet agissement honteux et méprisable qui paraît très probable et que tout le monde *prêtait* au sieur *Blanche*, signalé par tous comme *coutumier* de pareils faits à *Charenton !*

Ah ! dans le funèbre asile, il y a encore beaucoup de gens raisonnables et bien raisonnant même parmi les pensionnaires malades ou non, et plus nombreux que l'on ne pense au dehors de la geôle !..

Pour mon compte, je fais cette assertion en pensant à plusieurs de mes compagnons de captivité, et je la maintiens sous la foi du plus fidèle serment ! Croyez-m'en, cherchez, fouillez aux archives et vous trou-verez !...

Voici, par exemple, un *autre fait délicat*, méritant examen comme physionomie locale de Charenton et gage de la moralité de cette institution !...

Quel est donc, si ce n'est pas lui-même (comme se disent toujours entre eux ces véritables niais !...) quel est l'illustre confrère du sieur *Blanche* qui aurait signé aussi, vers le *commencement de l'an* 1870, l'entrée à Charenton d'un jeune ex-banquier, nommé *de Té-rouanne, natif* ou habitant de Béthune (Pas-de-Calais); ce banquier, disons-nous, ou caissier de banquier, tenant boutique d'écus du côté d'Alençon, si notre mé-moire est fidèle, fut déposé naturellement, dans l'asile, comme un fou bien patenté !

La vérité paraît être qu'il venait d'être arrêté à *Lon-dres* pour fait de diminution subite, non justifiée, au fond d'une caisse qui lui avait été confiée en France, et qu'on le dirigea alors sur Charenton, asile obscur de tant de mystères impunis ! Mais, devenu tout à coup héritier, par suite d'un décès, d'une fortune assez ronde, cet *aliéné pour rire* s'est trouvé *subitement* guéri, vers fin de *mai* ou 1er *d'avril* 1870, et il sortit en effet subitement, comme il était venu ; mais il fut *conduit*, cette fois encore, par les *gendarmes, extra-muros*, et pour aller à la barre de je ne sais quels juges, devant lesquels *M. de Térouanne*, il faut le dire à son éloge, si ce qu'on raconta alors est vrai, se présentait avec empressement, tout disposé à combler, à l'aide de son récent héritage, les vides faits dans le temps à la caisse.

A tout péché, et surtout au repentir aboutissant à une restitution honnête, faisons miséricorde, si nous avons du cœur et de l'esprit !

Mais, quoiqu'il en soit, voilà un agissement savamment *combiné, suant* la préfecture de police, *puant la Bastille*, qui passait pour morte à jamais et qui comporte, irréfragablement, la honteuse intervention à Charenton de certains aliénistes, *Blanche* ou *Tardieu*, ou tout autre comparse à conscience élastique !...

Nous venons de prononcer à dessein, mais pour n'en parler que très peu (provisoirement), le nom du sieur Tardieu, plus que suffisamment mêlé à l'ignomineuse affaire Sandon, naguère rappelée par des publications officielles, qui fixent sans doute l'attention de la commission juridique.

Cette notoriété si fâcheuse pour tous autres complices, atteint en pleine poitrine le docteur Tardieu ! Qu'il aille donc aux ambulances, s'il en est de préparées et de tout ouvertes pour soulager de la honte !

Contentons-nous de déclarer ici qu'il nous a paru, dans la visite qu'il nous a faite, à son loisir et à son heure, en retard d'un jour, avec ses « illustres » confrères, qu'il nous a paru souverainement impertinent envers *nous*, *prisonnier*, qui l'avions au surplus, accueilli fort poliment dans notre chambre privée ; tellement privée que son occupation nous a coûté, la bonne nourriture si connue de « l'asile » comprise, il est vrai, un peu plus de 22 fr. par jour (*détail historique enregistré*, quittance à l'appui).

Nous rappelons aussi, mais avec une peine bien mieux sentie cette fois, que cet expert, délégué *exclusivement* pour examiner, à coups de loupe bien essuyée, un non soi-disant mais prétendu malade, s'introduisit chez lui les doigts, hélas ! tout chargés de bagues, comme un marchand de crayons, jouant les rôles de feu Mangin ; ce qui n'est à coup sûr qu'une trace de goûts parfaitement douteux, vulgaires, mais qu'on a bien le droit de relever chez un homme qui, tout professeur émérite qu'il puisse être, a eu le mauvais goût aussi, cette fois, bien plus coupable, de ne relever par aucune marque de dignité personnelle les nombreuses marques de réprobations publiques qui semblent désormais, en face d'un silence si résigné, lui être si légitimement acquises !

A l'heure courante, il est pour tous et sciemment bien enterré sous les sifflets, et lorsqu'il vivait encore, il ne nous a jamais semblé qu'un modeste comparse des aliénistes !

Nous ne le saluerons donc pas comme le fit « au passage » un avocat insulteur, le sieur Allou, saluant alors un simple fils d'Esculape et non l'enfant glorieux du Parnasse, ce pauvre Tardieu, que son ami voulait faire passer pour un membre de l'Académie française, lorsqu'il n'est membre que de l'Académie de médecine; mais nous ne saluons le docteur que comme prince de la toxicologie seulement, et non pas de la science; mais, après ce salut, nous lui déclarons que nous avons su parfaitement démêler, dans de certains coins du rapport Blanche, plus odorants que d'autres, la véritable trace de vos pas, ô « illustre » Tardieu ! et nous rangeons volontiers, sans qu'il ait le diplôme officiel de cette lugubre spécialité, ce digne compère au rang honteux de presque tous ses confrères aliénistes, souvent confrères en aliénation, et toujours dangereux au premier chef pour la sécurité publique, imitateurs ou complices de Rousselin, de Lunier, de Calmeil, de Blanche, et *tutti quanti*; tous également suspects, les uns tout au moins honteusement salariés à l'avance, les autres salariés peut-être après coup, semblant tels, tous au fond *criminels!...* Nous redisons criminels, car, la main sur le cœur, nous sentons que Dieu n'a point anéanti, n'a point même suspendu un seul instant pour notre modeste identité les dons gracieux, originels, qu'il a faits à toute créature de notre espèce :

L'intelligence et le sens moral !

Nous avons au cœur un trop vif écho de la douleur pour ne pas, à la fois, légitimer notre indignation, affirmer notre capacité persistante, suffisant, du moins si près des confins de la vie, à viser droit, attendre et arracher le masque de l'injure, à nous faire pardonner enfin toute juste colère et tous flots d'amertume.

Allez donc, pâles doublures de l'Iscariote, misérables vauriens de tous les rangs, l'obscurité de votre victime n'allégera en rien le poids et l'étendue de votre infamie personnelle : car Dieu et les honnêtes gens vous en feront, j'espère, une mesure égale à celle des douleurs que je vous dois et des mépris que vous m'avez créé le devoir de vous infliger publiquement jusqu'à l'heure des justes réparations que les lois de notre pays viendront, sans doute un jour ou l'autre, m'apporter de plein droit.

VISITES MÉDICALES DE SEPT ALIÉNISTES

—

Les Sept plaies d'Egypte.

ÉVASION DE CHARENTON

Par suite d'une requête immédiate à la justice pour récupérer ma liberté individuelle odieusement violée par ma séquestration à Charenton, le 23 janvier 1870, je dus subir, paraît-il, et je subis effectivement l'examen médical :

1° D'un premier aliéniste, le sieur Constans, dont j'ai

l'adresse, rue du Bac (*in arduis Constans!*), inspecteur général des prisons, que jamais je n'ai pu retrouver à son domicile réellement connu quoique l'ayant recherché bien souvent depuis ma rentrée au rang des hommes libres ; visiteur que je n'ai plus revu, qui me parut obligeant en somme, bien élevé, bien intentionné même, mais qui au fond ne m'en dit pas bien long à ce sujet, et que je reçus poliment, moi-même répondant à ses questions, parce qu'il se présenta, je ne sais à quel titre, au nom de l'ancien ministre de l'intérieur, M. Ch. de Valdrôme, ci.................................... 1

2° Bientôt après une première série *d'aliénistes experts*, ci.................................... 3

3° Une deuxième série toujours *d'aliénistes experts*, ci.................................... 3

Total........ 7

Nombre juste égal à celui des plaies d'Égypte ?...

De fortes têtes n'ont jamais pu m'expliquer en vertu de quelle loi, un premier rapport dûment déposé et concluant à ma liberté, une deuxième série seulement, et seulement une deuxième, au lieu d'une troisième et une dixième à la rigueur, avait été chargée de me visiter à nouveau, moi pauvre patient qui ne demandais pas tant d'honneurs !

Mais des gens paraissant bien renseignés et n'ayant pas mission de discuter m'ont affirmé, sans discuter le droit, que c'était en vertu de la toute-puissance du tribunal que j'avais été traité avec ce luxe médical !

Grand bien lui fasse, ai-je dû toujours répondre en répétant ma demande d'explication, mais en recueillant toujours la même affirmation sèche et non discutée.

J'ai fini par comprendre qu'un tribunal qui se croit encore dans les ténèbres après les conclusions d'une première expertise, avait au nom des scrupules de sa conscience, le droit de demander indéfiniment de nouvelles expertises jusqu'à ce qu'il en eût rencontré une digne d'éclairer sa conscience !

4

C'est là un système dont je n'aurai pas la folie de rechercher toutes les conséquences!... et je me borne à
faire des vœux pour la raison et la justice humaines?...

Quoi qu'il en soit, après tous ces affreux examens qui
les uns et les autres méritent, plus ou moins, le nom de
réquisitoires dirigés, en sous main et dans l'ombre par
des ennemis coalisés, intéressés au premier chef, ayant
un *objectif* bien défini — que je *dévoilerai* incessam-
ment à la *justice qui l'ignore encore*— et ligués contre
moi, tombé seulement prisonnier d'une femme obstinément rebelle, obstinément impunie, obstinément audacieuse, je fus maintenu sous les verrous dans la geôle
impure, par l'une de ces décisions inqualifiables, que je
dus attendre deux grands mois, prises en chambre de
conseil, sans témoins aucuns, sans trace de défenseurs;
non motivées et veuves (l'on a bien le droit d'interpréter, ainsi, leur silence toléré par la loi), de ces
marques de bienveillante et religieuse attention si rai-
sonnablement due à tout homme frappé indignement
dans son premier bien, dans *sa liberté!*

Mon sort était écrit, sans doute, comme celui peut-
être de chacun ici-bas; mais quelle que soit la tranquil-
lité de conscience de mes juges, qu'il faut bien pour la
dignité humaine consentir à ne pas contester, je crois
pouvoir dire que tout esprit doué du sentiment de l'é-
quité naturelle, ne pourra jamais admettre comme fait
autorisé et continu, comme droit absolu, un pouvoir
aussi discrétionnaire, exercé dans le temple même de la
Justice, et consacré par ceux mêmes qui ont la périlleuse
mission d'interpréter les lois, mais de n'en réaliser que
les intimes et véritables inspirations, sans jamais les
dépasser!...

J'avais, j'ose le dire et j'oserai le répéter devant le
monde entier, le droit de plein fouet à ma liberté d'autant plus virtuel que j'étais sain d'esprit, comme le
prouve si clairement la ténacité de mon indignation et
jusqu'ici ma persistance dans la lutte, après tant de vains

appels à qui de droit ; sain d'esprit, je le répéterai jusqu'à la mort, comme aujourd'hui encore, grâce à Dieu
et grâce à ma patience, lorsqu'on osa me rouler aux ca-
banons de Charenton en dépit de toutes les exclusions
de la loi, mais sur les déclarations, non moins crimi-
minelles au fond qu'illégales dans l'espèce, de ces
méprisables fonctionnaires publics encore impunis, fan-
farons du guet-apens, *Rousselin et Lunier*, ces inspecteurs généraux de Charenton, à qui leur qualité officielle défendait d'en être les honteux pourvoyeurs
dans toute circonstance, et malgré tout salaire.

En vérité, si l'on ne se hâtait pas d'arrêter le jeu de
pareils impudents, si l'on ne frappait de la mort légale la
plus méritée l'infâme médecine aliéniste, si la conscience
publique, impatiente à ce sujet, se voyait refuser plus longtemps l'extirpation radicale de tous ces souvenirs de la Bastille, deux coquins seuls, pareils à ceux que j'ai nommés,
si faciles à rencontrer parmi leurs « illustres confrères
aliénistes » pourraient à eux seuls, à un jour donné,
rendre en un clin d'œil, prisonnière la moitié des popula-
tions, entraver ainsi la défense et livrer presque la patrie désarmée aux mains des envahisseurs.

Sus donc à tous les ennemis du pays, étrangers ou in-
digènes ! sus aux Prussiens, immondes barbares en première ligne, et puis sans désemparer, aux aliénistes in-
digènes, les « illustres confrères » de tous ces violateurs
germaniques des lois de la famille, de la patrie et de
l'humanité.

Ce fut dans la pénible position ci-dessus décrite, si
révoltante et tant imméritée par moi que des parents
dévoués accoururent de toute part à mon secours.

Ma famille, entière souverainement indignée, vint se
réunir à mes rares amis sur place, et du fond de diverses
provinces se constituer à Paris en conseil de défense,
sous la présidence d'un magistrat, et déléguer l'un de
ses membres les plus dévoués et les plus actifs pour réclamer publiquement au tribunal, l'injure et l'infamie

contre moi ayant été publiques, ma mise immédiate en
liberté; toutes décisions prises dans les termes de l'una-
nimité la plus honorable pour moi, la plus vengeresse
pour l'affligé et la plus éloquente pour tous les gens de
cœur, si respectueux avant tout, des droits fondamen-
taux de la famille.

Le tribunal, arrêté par des scrupules de *légalité* qui
furent exposés, exclusivement à tout autre point de vue,
sous la responsabilité de sa conscience, crut pouvoir se
déclarer et se déclara *incompetent!...*

La *famille* — bien comprise — je fais appel à ce sujet à tous les cœurs chaleureux, à tous les esprits éclai-
rés, n'a-t-elle pas le droit éternel et souverain, primor-
dial de droit divin, de rester *seule compétente* en aussi
délicate matière?

Et que devient en face de ce grand nom éternellement imposant de la famille, base granitique de toute
société possible, devant sa compétence, éternellement
sacrée, que devient la compétence des tribunaux, pas-
sagère, d'occasion, presque conventionnelle, amovible
en ses racines, modifiable, et dans l'espèce enfin si
aveuglément appuyée sur le texte aussi odieux qu'obscur, surpris évidemment à la bonne foi, de cette hideuse loi, encore debout, sur le régime des aliénés!

Oh! qu'il est donc temps de purger le pays d'un pareil fléau aussi anti naturel, aussi anti social!... dont
gémissent encore aujourd'hui plus de quarante mille
prisonniers sous verrous et coupables seulement d'être
en mauvaise santé.

Gens de cœur de tous les horizons, répondez donc de
grâce! N'avais-je pas le droit de fuir la geôle et mes
geôliers?... de recouvrer haut le front, ma liberté, mon
bien de nature, — que je ne dois qu'à Dieu et dont des
gens indignes étaient venus me dépouiller par voie de
guet-a-pens!... C'est ce que j'ai fait alors, c'est ce que
vous auriez fait tous à ma place, que je referais encore,
et que nul être honnête au fond n'a blâmé ni ne blâ-
mera dans la suite.

Je n'ai donné qu'un bon exemple aux opprimés de l'avenir, et plaise à Dieu que n'étant pas le premier initiateur en cette délicate mission de droit naturel, je sois du moins un des derniers à l'avoir consacrée, une fois de plus, à la face du monde.

Je vais plus loin, tant je suis convaincu! et je le proclame sans hésiter. Dieu m'avait créé libre et reconquérant de mon chef ma liberté aliénée par des impies, je n'ai rempli envers le Créateur même qu'un devoir religieux, et c'est Dieu lui-même qui a voulu m'inspirer et bénir mes efforts!

L'ex-préfet de police, régnant encore rue de Jérusalem en avril 1870, époque de mon évasion, seul compétent en la matière, paraîtrait-il, d'après les appréciations du ministère public et de la première chambre, a eu la suprême sagesse, cette fois, par son obligeant silence d'applaudir à mon « habile retraite » comme il a été dit et de se ranger cette fois du moins du côté de la plus sainte, de la plus noble cause, du côté de la liberté!

Je suis donc et de droit naturel et de droit écrit, et de droit usuel très légitimement depuis le quinzième jour après mon évasion, c'est-à-dire depuis le milieu d'avril dernier et avec le silence si parfaitement significatif de l'autorité, seule compétente, en possession de toute ma liberté. — *È viva la liberta!...*

J'ai voulu, mais vainement profiter de mon état de ressuscité, pour rentrer à l'amiable dans la possession des objets que j'avais encore, au jour de ma délivrance, dans ma chambre meublée privée à Charenton, et dans la possession aussi de tout ce qu'on m'y avait impudemment pris dans mes poches et retenu indignement; argent de poche et titres de rentes. Tous mes efforts ont été vains depuis la fin d'*avril*, quelques dix jours après le premier jour de ma liberté légalement consentie par l'ex-préfet de police. Il m'a fallu plaider avec les honteux détenteurs de mon bien, — je l'ai fait! — Un jugement, *tel quel*, a été rendu enfin le 16 août dernier, ordonnant 1° la restitution de mes quatre titres de rente sur l'État indûment retenus dans les caisses de Charenton ; 2° la reddition de mes comptes personnels avec le singulier asile, par l'intermédiaire de mon avoué.

Je n'ai trouvé en réponse aux significations du jugement ci-dessus que des refus irritants des plus illégitimes. J'ai dû avoir recours à la voie du commandement, rarement employée entre galantes gens, contre ces plaideurs de la veille !...

J'ai dû même faire un commandement motivé par *deux fois ;* rien n'a pu courber la force d'inertie pratiquée avec tant d'audace par des *fonctionnaires éhontés :*

BAROUX, *directeur*.

LE ROY, *receveur*.

Car j'ai dû (toutes preuves sont dans mes mains à ce sujet dûment enregistrées) accepter *sans contrôle* aucun, établi jusqu'à ce jour, une dépense *totale* à ma charge, arbitraire inique au premier chef, véritable vol, ou tout au moins abus de confiance insigne et acte de violence infâme de :

pour soixante-douze jours de captivité 1,646 francs de dépense, soit plus de 22 francs par jour !... Nous n'en avons pas fini près des tribunaux avec les sieurs Barroux et Le Roy, et nous aviserons à l'heure venue pour leur faire rendre gorge.

Nous les signalons *en attendant* au *mépris* des gens honnêtes et aux sévérités de la commission judiciaire de Charenton.

Nous rendons moralement d'ores et déjà, et nous rendrons légalement responsables, plus tard et à l'heure venue de paix glorieuse, permettant d'autres combats que ceux des remparts, soit la commission administrative permanente tout entière, soit son président et son délégué en la matière, le conseiller à la cour de cassa-

tion *Dumont*, rue de l'Université, 26, absent aujour-
d'hui de Paris.

Nous avons confiance et nous aurons, avec toute patience, raison enfin, un jour ou l'autre, de l'*administration* honteuse tant reprochable, tant abusive qu'on a
fait *de notre fortune* et qui se résume en une dépense,
pour soixante-douze jours de captivité, dépassant de
200 francs toutes nos ressources financières pour un
trimestre 90 jours ; toutes recettes ayant été perçues
aux caisses de l'État à l'aide des titres qu'on nous
avait volés et encaissées, paraît-il, par les soins directs
de son indigne *receveur*, le sieur *Le Roy*, qui ne pou-
vait pas être délégué à ce double soin et qui n'avait
qu'à *encaisser*. M. Dumont étant seul administrateur
légal.

Paris, 7 octobre 1870.

Le sous-intendant militaire retraité,

FAULTE DU PUYPARLIER.